어머니와 할머니의 실루엣

차　　례

2

제 3 부

제 1 부

정월 초하루,
소백산에서 해돋이를 맞다

1

메마른 땅에서 함께 살다보니
어느새 나무도 사람을 닮아버린 것일까,
거센 바람을 피해 언덕에 달라붙는 슬기도 배우고
돌을 비집고 땅속 깊이 뿌리내리는 재주도 익혔다.
그러느라 어깨와 등은 흉칙하게 일그러지고
팔과 다리는 망측스럽게 뒤틀렸으리라,
눈비에 몸을 맡기는 순순함에도 길이 들고
몸속에 벌레를 기르는 너그러움도 지니면서.

2

겨우내 가지를 찢고 몸통을 꺾는
혹한과 폭설에 시달리면서 우리는 맹세했었지,
다시는 몸에 꽃도 열매도 맺지 않으리라고.
한데도 왜 우리들의 몸은 다시 더워오는가,
어둠을 찢으며 떠오르는 붉은 해를 보면서.
머지않아 온 산이 꽃으로 향기로워지겠지,

또 불어닥칠 바람에도 눈비에도 아랑곳없이.
메마른 땅에 함께 살다보니
어느새 우리가 나무를 닮아버린 것일까.

묵 뫼

여든까지 살다 죽은 팔자 험한 요령잡이가 묻혀 있다
북도가 고향인 어린 인민군 간호군관이 누워 있고
다리 하나를 잃은 소년병이 누워 있다
등너머 장터에 물거리를 대던 나무꾼이 묻혀 있고 그의
말더듬던 처를 꼬여 새벽차를 탄 등짐장수가 묻혀 있다
청년단장이 누워 있고 그 손에 죽은 말강구가 묻혀 있다

생전에는 보지도 알지도 못했던 이들도 있다
부드득 이를 갈던 철천지원수였던 이들도 있다
지금은 서로 하얀 이마를 맞댄 채 누워
묵뫼 위에 쑥부쟁이 비비추 수리취 말나리를 키우지만
철 따라 꽃도 피우고 열매도 맺으면서
뜸부기 찌르레기 박새 후투새를 불러 모으고
함께 숲을 만들고 산을 만들고

세상을 만들면서 서로 하얀 이마를 맞댄 채 누워

손

　최신 전자제품장수와 싸구려 기성복장수가 다투어 목청
을 높인다.
　어떤 장꾼은 아침부터 시비만 하고, 어떤 장꾼은 종일
커피전문점만 들락인다.
　전대를 가득 돈으로 채우고도 소주룹은 볼이 부었고,
　시금치 바구니 앞에 쪼그리고 앉아서도 등 굽은 할머니
는 천하태평이다.
　생김새도 사는 것도 각양각색이라, 언청이와
　혹부리가 길이 다르고 꿈이 다르듯. 그러다가도
　문득 국밥집에 들어와 석유난로에 얹는 손들을 보면 닮
았다.
　쭈그러진 손등의 주름이 같고, 손바닥에 박인 못이 같
다.
　주름과 못 속으로 팬 깊고 푸른 상처가 서로 닮았다.

이 슬

봄이 되면 나도 대지처럼 두꺼운 옷을 활짝 벗고
겨우내 감추어 두었던 보석들로 치장한 몸과 팔다리를
햇살과 바람으로 말끔히 씻어내고 싶지만, 들쳐보니
감추어 두었던 것은 누렇게 곪은 부스럼과 칙칙한 흉터뿐
그래도 나는 조심조심 내 몸에서 누더기를 걷어낸다

그 부스럼과 흉터에 고이는 것이 맑은 이슬이 못될지라도

찌그러진 작업화

새파랗게 빛나는 잎만 있는 것이 아니다
눈부시게 아름다운 꽃만 있는 것이 아니다
찢기고 할퀴어 흠집투성이인 가지가 보인다
벌레와 비바람에 썩고 잘려나간 밑둥이 보인다
돌과 흙에 짓눌린 뿌리가 보인다

얼어붙은 비탈길을 미끄러지는 쓰레기차가 보인다
이른 새벽 셔터를 올리는 시퍼렇게 터진 손이 보인다
새벽길 삼백리를 달려온 찌그러진 작업화가 보인다
농익어 단 열매만을 뽐내는 저 큰 나무에

흔 적

생전에 아름다운 꽃을 많이도 피운 나무가 있다.
해마다 가지가 휠 만큼 탐스런 열매를 맺은 나무도 있고,
평생 번들거리는 잎새들로 몸단장만 한 나무도 있다.
가시로 서슬을 세워 끝내 아무한테도 곁을 주지 않은
나무도 있지만, 모두들 산비알에 똑같이 서서
햇살과 바람에 하얗게 바래가고 있다.

지나간 모든 날들을 스스로 장미빛 노을로 덧칠하면서.
제각기 무슨 흔적을 남기려고 안간힘을 다하면서.

마주치면 손톱을 세우고
이빨을 갈다가도

큰 몽둥이 하나 끌고 쇠전에서 설치던
가마니 잘 짜던 내 족숙은 거적때기에 말리고
그 족숙 미워 시향도 피하던 다른 족형
칼빈총 멘 채 등에 칼 꽂고 금점굴에 처박히고
그놈의 높새바람 사납기도 하더니
참나무고 홰나무고 남아날 것 같지 않더니

이젠 족숙모 잡화전 모퉁이에서 국수틀을 돌리고
족형수 길 건너 노점에서 시루편을 팔고
마주치면 더러 입에 게거품을 물다가도
허허거리고 얻어온 시향떡도 나누고
그놈의 마파람 모질기도 하더니
진달래고 개나리고 다시 필 것 같지 않더니

마주치면 손톱을 세우고 이빨을 갈다가도

또 한번 겨울을 보낸 자들은

살아서 남은 자들은 기쁨에 들떠
창을 열어 따슷한 바람을 맞아들이고,
맑은 햇살을 손에 받고,
문득 잊었던 이름 생각나면 짐짓
부끄럽고 슬픈 얼굴을 하고.
밤이면 서로의 몸 뜨겁게 탐하며,
싹으로 트고 꽃으로 피기 위해서.
머지않아 가진 것 다져 열매도 맺어야지,
지상에서 가장 크고 단 열매를.
흙이 되어버린 이들의 이 값진 눈물과
물이 되어버린 이들의 뜨거운 피를
잊지 말자고 다짐하면서.
또 닥칠 비바람을 이기기 위해서
더 단단히 몸을 여미고 죄면서.
잊었던 이름 더 까맣게 잊어버리며,
살아서 남은 자들은,
또 한번 겨울을 보낸 자들은.

올 봄의 꽃샘바람

힘겹게 줄기를 타고 올라온 흙아
가지 끝에 연분홍 꽃망울로 불거진다
허의단심 강줄기를 쫓아 올라간 사람들이
검푸른 하늘에 별로 도드라진다

이내 온 들판이 연초록으로 물들리라
안개와 햇살로 짠 비단으로 덮이리라

추운 겨울을 이겨낸 더 많은 뿌리들이
벌건 상처를 누더기에 감춘 채
애처롭게 바위와 돌 틈에 달라붙어 있는
올 봄도 꽃샘바람은 칼끝처럼 맵더라도

추운 가을

봄은 가난했다,
부모한테 물려받은 누더기를 걸치고
허기 속에서 듣던 뻐꾹새 울음,
할미꽃을 씹으면 코피가 터지고
애장으로 덮인 언덕에서는
진달래도 오들오들 꽃샘에 떨었다.
여름은 뜨거웠다.
돌과 몽둥이가 날던 포도,
최루탄과 화염병으로 눈이 쓰리던 시가,
노래와 아우성으로 설레던 광장,
우리들 쓰러진 어깨를
얼마나 많은 발길들이 짓이기고 지나갔던가.
이제 우리 겨우 그 긴 터널을 지나
누렇게 익은 들판이 바라보이는
코스모꽃 핀 큰길에 나와 섰구나.
지나간 여름을 되돌리려는 자들에 섞여,
오히려 그들에게 이끌리고 떠밀리면서.

어찌 모르랴, 이 가을이 추운 까닭을.

그 어둡던 터널을 함께 뚫고온 벗들의 얼굴을 잊어버린,
벗들의 목소리를 잊어버린, 모두들
모른다고, 그 얼굴도 이름도 모른다고 서로 나서서
외치는 것이 오히려 자랑스러운,
봄내 여름내 싸워서 이른 이 가을이
꽁꽁 얼어붙은 겨울보다도 추운 까닭을.

진눈깨비 속을 가다

불빛 환한 방안에는 커피 향내 짙겠지
아이들의 웃음소리가 요정처럼 춤추겠지
진눈깨비 치는 어두운 밤길을
다리 절면서 사람들은 가고
젊은 부부 연속극 앞에 넋잃고 앉아 있을 거야
달콤한 대사에 눈시울들이 붉었을 거야
옷속으로 파고드는 매운 칼바람
여미는 손은 나무껍질처럼 갈라졌다
내일 모레가 설 선물 꾸러미도 챙겨야지
어린 시절의 이야기들 끝도 한도 없어
진창과 허방 끝없이 이어져
빠지고 고꾸라지면서 사람들은 절망하고
밤 이슥하면 사내들은 허풍을 칠 거야
짐짓 속아주면서 아내들은 즐거울 거야
천둥과 번개가 귀와 눈을 찢는
밤길은 갈수록 험하고 어두워
차도 바꾸고 집도 늘려야지
내년에는 꼭으로 바캉스를 가야지
새벽은 언제 오느냐 좌절 속에

지쳐서 주저앉는 사람들 쓰러지는 사람들
불 꺼진 방안에는 숨소리들이 거칠겠지
사랑은 속될수록 즐거운 거니까
온몸에 감긴 시퍼런 멍
놀려대듯 그 위에 진눈깨비는 퍼붓고
평화롭겠지 이윽고 저 고른 숨소리들
모를 거야 밤길도 진눈깨비도 모를 거야

바   위

바람이 한곳에서만 불어온다
바람이 온통 한곳으로만 쏠려간다
사람들이 모두 한곳으로만 몰려간다
떼밀리고 엎어지면서 뒤질세라 달려간다
바위만이 어깨 내밀어 길을 내주고 있다
밟히고 차이면서 말없이 엎드려 있다
그 얼굴에 웃음이 서글프다 그
얼굴에 웃음이 아름답다

제 2 부

어머니와 할머니의 실루엣

어려서 나는 램프불 밑에서 자랐다,
밤중에 눈을 뜨고 내가 보는 것은
재봉틀을 돌리는 젊은 어머니와
실을 감는 주름진 할머니뿐이었다.
나는 그것이 세상의 전부라고 믿었다.
조금 자라서는 칸델라불 밑에서 놀았다,
밖은 칠흑 같은 어둠
지익지익 소리로 새파란 불꽃을 뿜는 불은
주정하는 험상궂은 금점꾼들과
셈이 늦는다고 몰려와 생떼를 쓰는 그
아내들의 모습만 돋움새겼다.
소년 시절은 전등불 밑에서 보냈다,
가설극장의 화려한 간판과
가겟방의 휘황한 불빛을 보면서
나는 세상이 넓다고 알았다, 그리고

나는 대처로 나왔다.
이곳 저곳 떠도는 즐거움도 알았다,
바다를 건너 먼 세상으로 날아도 갔다,

많은 것을 보고 많은 것을 들었다.
하지만 멀리 다닐수록, 많이 보고 들을수록
이상하게도 내 시야는 차츰 좁아져
내 망막에는 마침내
재봉틀을 돌리는 젊은 어머니와
실을 감는 주름진 할머니의
실루엣만 남았다.

내게는 다시 이것이
세상의 전부가 되었다.

더딘 느티나무

할아버지는 두루마기에 지팡이를 짚고
휘이휘이 바람처럼 팔도를 도는 것이 꿈이었다
집에서 장터까지 장터에서 집까지 비칠걸음을 치다가
느티나무 한그루를 심고 개울을 건너가 묻혔다
할머니는 산을 넘어 대처로 나가 살겠노라 노래삼았다
가마솥을 장터까지 끌고 나가 틀국수집을 하다가
느티나무가 다섯자쯤 자라자 할아버지 곁에 가 묻혔다
아버지는 큰돈을 잡겠다며 늘 허황했다
광산으로 험한 장사로 노다지를 찾아 허둥댄 끝에
안양 비산리 산비알집에 중풍으로 쓰러져 앓다가
터덜대는 장의차에 실려 할아버지 발치에 가 누웠다
그 사이 느티나무는 겨우 또 다섯자가 자랐다
내 꿈은 좁아빠진 느티나무 그늘에서 벗어나는 것이었다
그래서 강을 건너 산을 넘어 한껏 내달려 스스로
할아버지와 할머니와 아버지와 다른 사람이 되었다
나는 그런 자신이 늘 대견하고 흐뭇했다
하지만 나도 마침내 산을 넘어 강을 건너 하릴없이
할아버지와 할머니와 아버지 발치에 가 묻힐 때가 되었다
나는 그것이 싫어 들입다 내달리지만

느티나무는 참 더디게도 자란다

아버지의 그늘

툭하면 아버지는 오밤중에
취해서 널부러진 색시를 업고 들어왔다.
어머니는 입을 꾹 다문 채 술국을 끓이고
할머니는 집안이 망했다고 종주먹질을 해댔지만,
며칠이고 집에서 빠져나가지 않는
값싼 향수내가 나는 싫었다.
아버지는 종종 장바닥에서
품삯을 못 받은 광부들한테 멱살을 잡히기도 하고,
그들과 어울려 핫바지춤을 추기도 했다.
빚 받으러 와 사랑방에 죽치고 앉아 내게
술과 담배 심부름을 시키는 화약장수도 있었다.

아버지를 증오하면서 나는 자랐다.
아버지가 하는 일은 결코 하지 않겠노라고,
이것이 내 평생의 좌우명이 되었다.
나는 빚을 질 일을 하지 않았다,
취한 색시를 업고 다니지 않았고,
노름으로 밤을 지새지 않았다.
아버지는 이런 아들이 오히려 장하다 했고

나는 기고만장했다, 그리고 이제 나도
아버지가 중풍으로 쓰러진 나이를 넘었지만.

나는 내가 잘못했다고 생각한 일이 없다,
일생을 아들의 반면교사로 산 아버지를
가엾다고 생각한 일도 없다, 그래서
나는 늘 당당하고 떳떳했는데 문득
거울을 보다가 놀란다, 나는 간 곳이 없고
나약하고 소심해진 아버지만이 있어서.
취한 색시를 안고 대낮에 거리를 활보하고,
호기있게 광산에서 돈을 뿌리던 아버지 대신,
그 거울 속에는 인사동에서도 종로에서도
제대로 기 한번 못 펴고 큰소리 한번 못 치는
늙고 초라한 아버지만이 있다.

귀뚜리가 나를 끌고 간다

찌르찌르찌르르 귀뚜리가 나를 끌고 간다
이곳은 서대문구 홍은동 산 일번지
좁은 방안 가득 모여 앉은 동네 아낙네들
남정네를 꺼리지 않는 농익은 음담 속에서
아내의 야윈 손이 가발을 손질한다
찌르찌르찌르르 귀뚜리가 나를 닥달한다
이번에는 충주시 역전동 사칠칠의 오번지
실공장에 다니는 그 애한테서 나는 고치 냄새
사과꽃 위에 하얗게 달빛이 쏟아지는
그 애와 하룻밤을 보낸 호수 앞 여인숙
찌르찌르찌르르 귀뚜리가 나를 앞장세운다
저곳은 홍천읍 북면 복대리 오팔구번지
강물을 따라가는 숲길이 십리
부끄럼도 없는 내 거짓 맹세는
불행한 여자에게 불행 하나 더 보태고
찌르찌르찌르르 귀뚜리가 나를 끌고 간다
뉘우칠 줄도 모르는 나를 밤새도록 끌고 간다

세월이 참 많이도 가고

충무로 사가 파출소 옆
지금 우리가 노래를 부르고 있는 이 노래방은
내가 유단뽀를 끌어안고 누워 카와까미 하지메의
『가난 이야기』를 읽던 6조 다다미방이다
50년대 중엽, 통금 사이렌 소리에 맞추어
을지로를 지나는 마지막 전차가 경적을 울리고
단팥죽 사려 소리가 사라지던 골목
사람들의 왕래가 뜸한 적막한 거리에는
한보사태에 대통령 아들의 비리와
주체사상 망명의 속보들이 어지럽다
가까이 앉은뱅이 악사의 '며칠 후'를 외는 소리
소주방에서 몰려나오며 거는 핸드폰 소리
……세월이 참 많이도 흘렀다

모짜르트나 브람스를 듣고 나서
몰려가 좁쌀술들을 마시던 시장바닥
파고다공원 뒤 관훈동, 아직도
빌딩의 숲속에 그루터기로 남은 50년대의 그 목로로
민예총 문예아카데미 시간 전 나는 혼자서

천원짜리 추탕을 먹으러 간다
들떠서 새 세상을 얘기하던 좁은 길에
꿈 대신 들어찬 승용차들
빌딩의 높은 벽 멀티비전의 어지러운 상품광고
길가에 나앉은 늙은 약장수들
추탕 국물을 묻힌 초췌한 수염
발에 밟히는 대통령 퇴진을 요구하는 전단들
……세상이 참 많이도 바뀌었다

홍은동 산동네는 내가 60년대 말
사글세를 살던 곳
공동수도에서 물을 받아 지고 층계를 올라가면
아이를 업은 아내가 덜 마른 연탄에 불을 붙이고 있었지
그래도 문간에 섰던 한그루 자목련
그 자리엔 스무층짜리 오피스텔이 섰다
감옥에 간 친구가 넘겨주고 간 책을 읽고 또 읽으며
야윈 주먹을 부르쥐던 그 옛집터 이층에서
피처로 생맥주를 마시며 지금 나는
감옥에서 나와 중국을 다녀온

친구와 마주앉았다

가등이 어두운 비탈길을
힘겹게 올라가는 연탄 수레
달려내려오는 가스통을 실은 소년의 오토바이
무엇이 달라지고 무엇이 나아졌는가
새장 속의 앵무새까지도 나를 비웃고
불과 물과 가시 속에 새겨진 발자국들을 조롱하는
1997년 봄, 서울
충무로에서 관훈동에서 홍은동에서
내가 얻은 것은 무엇이고
잃은 것은 무엇인가
……세월이 참 많이도 가고
……세월이 참 많이도 바뀌어서

별

1

죽산이 목매달리던 날
나는 울면서 시 한편을 썼다
남산의 이승만 동상이
밧줄에 묶여 꺼꾸러지던 날엔
환호작약하며 대취했다
박정희가 총 맞아 죽던 날 무던히도 신이 나서
한남철 조태일과 대낮에 술을 마셨다
루마니아의 태양 차우셰스쿠의 동체가
사회주의 혁명의 아버지 레닌의 모가지가
땅에 떨어져 민중의 발에 짓밟히던 날
나는 무엇을 했던가
무슨 생각을 했던가

번개가 내 머리를 때린 날이 있었다
순간 나는 내가 무엇을 생각하고
무엇을 하며 살아왔는가를
잊어버렸다

기억을 더듬어
명동성당의 농성장도 가보고
인사동과 종로도 더듬고
종묘공원의 집회에도 참석하지만
내 삶의 흔적은 아무데도 없었다
내가 남긴 발자국도 체취도 없었다
내가 누구인가를 아는 사람을
만날 수도 없었다

　　　　2

돌아오는 버스에서 하늘을 바라본다
공장과 자동차의 매연으로
썩어 시커먼 서울 하늘
저 뒤 깊은 곳에서는 그래도
별이 무리지어 반짝이고 있을까
라디오에서 거듭 강조되는 북한과 쿠바의
참혹한 가난 굶주리는 어린이들
그 별의 무리 속에서 체 게바라가

산마루에 총대를 베고 누워 바라보던
별도 아직 반짝이고 있을까

광주에서 천안문 광장에서
다시 미라이 마을에서
무고한 사람들이 총부리 앞에
쓰러지던 날 나는
무엇을 했던가 무슨 생각을 했던가
탐욕과 위선과 궤변으로
썩어 시커먼 서울 하늘
저 뒤 깊은 곳에서는 그래도
별이 무리지어 반짝이고 있을까
내 삶의 흔적은 아무데도 없고
내가 남긴 발자국도 체취도 없고

돌 하나, 꽃 한송이

꽃을 좋아해 비구 두엇과 눈속에 핀 매화에 취해도 보고
개망초 하얀 간척지 농투성이 농성에 덩달아도 보고
노래가 좋아 기성화장수 봉고에 실려 반도 횡단도 하고
버려진 광산촌에서 중로의 주모와 동무로 뒹굴기도 하고

이래서 이 세상에 돌로 버려지면 어쩌나 두려워하면서
이래서 이 세상에 꽃으로 피었으면 꿈도 꾸면서

마을버스를 타고

배낭 메고 산마을 갯마을 꽤나 헤집고 다녔지
더러는 광대 흉내에 장똘뱅이 시늉으로
장바닥 난달이나 정거장 의자에서 새우잠도 자고
소줏집에서 아옹다옹 동무들과 시비도 했지

이렇게 한 삼십년 살았으니 이제
지리산 달궁이나 소백산 새밭에 가서 하룻밤을 묵을 때는
나무들이 나직나직 나누는 귓속말이 들리고
바위들이 새벽녘에 배앓는
바튼 기침소리가 들릴 법도 하다만
돌아와 마을버스를 타고 올라갈 때는
저 북한산의 큰 산봉우리와 낮은 산봉우리가 주고받는

그윽한 눈짓이 보일 법도 하다만

성탄절 가까운

살아오면서 나는 너무 많은 것을 얻었나보다
가슴과 등과 팔에 새겨진
이 현란한 무늬들이 제법 휘황한 걸 보니
하지만 나는 답답해온다 이내
몸에 걸친 화려한 옷과 값진 장신구들이 무거워지면서

마룻장 밑에 감추어 놓았던
갖가지 색깔의 사금파리들은 어떻게 되었을까
교정의 플라타너스 나무에
무딘 주머니칼로 새겨넣은 내 이름은 남아 있을까
성탄절 가까운
교회에서 들리는 풍금소리가
노을에 감기는 저녁
살아오면서 나는 너무 많은 것을 버렸나보다

南道路室

인사치레로 망월동에 가서 참배를 하고
울적하니까 셀프집에서 생맥주 천씨씨짜리 두어개 걸쳤다
만만한 게 사회주의라 디립다 씹고 밟고 찢고
그래도 화가 안 풀리면 이번에는 노래방이다
「무정 부르스」를 목청껏 뽑고 「애모」를 악을 쓰고 부르
다가
다 밝아 넝마가 되어 여관방에 와 누웠는데
이게 웬일이냐
금세 돌이 날으고 총알이 쏟아질 것 같은 금남로가
전봉준과 나란히 벽에 와 걸렸으니
정신이 번쩍 들어 불을 켜니
난데없이 벌거벗은 아가씨들이 떼로 몰려나와
자빠지고 엎어지고 온갖 요사를 다 떠는구나

저도 돌이 날으는 금남로를 보겠다는 건지
창문으로 기웃이 고개를 디민 저
허연 아카시아 꽃떨기에 어린 것이 눈물일까 달빛일까

노래 한마당

연변사람 서울사람 인사동에 얼려 저녁을 먹는데 연변서 온 여기자는 시종 사회주의 타박만 하고 서울 여기자는 자본주의 흠만 잡고 연변 사는 작가는 서울 찬양으로 입에 침이 마르고 서울 작가는 평양이 이상적 도시라고 핏대를 세워 말이 헛갈려 뒤죽박죽인 판이라 안되겠다 노래나 부를 거라고 가라오께집을 찾았지요.

노래만은 서로 어긋나면 안된다고 걱정 많은 늙은이 목청을 높여 아리랑을 선창하는데 야단났어요 연변사람들 서울사람들 영 목이 안 맞으니. 그래 마음내키는 대로 부르랬더니 연변사람들은 김건모와 김정구를 서울사람들은 「휘파람」과 「월미도」를 번갈아 부르네요

처음에는 삐거덕대더니만 이윽고 신바람들을 냈지요. 어깨동무도 하고 춤도 추면서 마침내 김건모의 「휘파람」, 김정구와 「월미도」를 마구 뒤섞어 야릇한 노래 한마당을 만들었지요

노래로 덮은 골 깊은 발자국은 들여다봐 무얼 하겠어요

그녀네 집이 멀어서

그녀네 집이 멀어서
북적대는 시계전을 지나야 한다
골목을 벗어나면 언덕이 있고
싸리울 하얀 꽃 속에 그녀는 산다
방은 늘 비어 있어 어른대는
살구꽃에 취해 잠이 들었다 눈을 뜨면
꽃 그림자가 방문을 덮는다
그녀네 집이 멀어서
물 머금은 보름달을 등에 지고
내려오는 길은 더욱 멀다
골목을 벗어나고 시계전을 지나서
외진 모퉁이 들여다보면
꼬치집에도 그녀는 없다
기다리며 구석에 앉아 술을 마시다가
갑자기 나는 잊는다 그녀의 얼굴을
체취를 잊고 이름을 잊는다
그녀네 집이 멀어서

시계전을 잊고 유행가가 자욱한 골목을 잊고

싸리울 하얀 빈방을 잊고 비릿한 이불자락을 잊고
달빛을 가리는 살구꽃과 과묵한 꼬치집 주인을 잊고……
당초부터 이 세상에 없는지도 모를
그녀네 집이 멀어서 너무 멀어서

가을밤은 길고

낙엽이 떨어져 쌓인다 달빛이 쏟아진다,
눈이 오겠지 곧 함박눈이 쏟아져 내리겠지,
눈 속에서 새싹이 트리라 그래도 믿고 싶은 내 꿈을
한파람에 쓸고 갈 서북풍을 몰고서.
풀벌레가 운다 땅속에 들어갈 제 운명을 운다,
먼 산에서 가까운 산에서 소쩍새도 운다,
모든 것들이 죽어가는 가을밤을 운다.

낙엽이 떨어져 쌓인다 눈처럼 날리며 쌓인다,
서북풍이 몰아치겠지 어두운 밤길을 더듬어 오느라
침침해진 내 눈에 다시 흙먼지를 끼었으며.
기러기가 난다 내 젊은 날의 아픔을 어루만지며
검은 하늘을 난다 내 회한 속을 난다.
눈이 오겠지 기러기 소리로 울며 오겠지,
낙엽이 떨어져 쌓인다 달빛이 쏟아진다.

제 3 부

고양이

닿는 족족 활활 태우고 주위를 환하게 밝히는 불이었다
그래서 꿈이고 길이었다 어둠속에서 그는

햇빛 속으로 나오자 고양이가 되었다
담 밑이나 나무 그늘에 숨어 웅크린 채 눈을 빛내면서
앙칼진 소리로 우는 애물단지가 되었다
닿으면 까맣게 숯이 될 것이 두려워 모두들 외면해버리는
고독하고 아름다운 소리가 되었다

솔 개

땅 위에 살아 있는 모든 것들의
환호와 갈채 속에 하늘 높이 날아올라
날개를 활짝 펴고 큰 원을 그리며 돌다가
그것들이 노래와 춤에 얼이 빠진 듯 보이면
쏜살같이 포물선으로 내려박혀
어린것들과 예쁜 것들만 골라
발톱을 세워 옆구리를 찢어
연한 창자를 빼먹거나
날카로운 부리로 눈을 후벼 파먹고
다시 하늘 높이 치솟아
겁에 질려 더 광란하는 무리들 위를
피로 얼룩진 날개를 뽐내며 나는
위대한 솔개여

노고지리

좀체 마르지 않는
피와 눈물을 가슴속에 묻고
아물 줄 모르는 상처를
살갗 속에 감추었다

그런 다음
오랜 나날 바람을 막느라 누더기가 다된
두껍고 낡은 깃털들을 벗어 던진다
어둡던 시절에 익힌
거친 말들을 버리고
비바람 속에서 부르던 노래들마저 잊는다
그리고 비로소 너는

잠든 대지를 흔들어 깨우는
맑고 새된 비명이 된다
텅 빈 봄하늘을 점 하나로 가득 채우는
노고지리가 된다

땅 위에 내려꽂혀

딱딱하게 굳은 씨앗을 깨는 날렵한
몸짓이 된다

덫

기둥을 세우고 서까래를 얹는다
벽을 들여 바르고 지붕을 씌운다
이렇게 스스로 만든 집에서 한 삼십년
나는 자못 만족해서
글도 쓰고 책도 읽는다

그러다 세월이 지나 그 집이
비도 바람도 막지 못하게 되었을 때
나는 비로소 허물 생각을 한다
지붕을 거두고 벽을 턴다
서까래를 치우고 기둥을 들어낸다

그러고는 이 나라를 반 바퀴는 도는
멀고 지루한 여행을 떠난다
하지만 돌아와 나는 절망한다
기둥도 벽도 형체도 없는 그 집이
오도마니 제자리에 서 있는 것을 보고

집

생울타리에는 참새가 떼지어 살고
쌀광 속에는 구렁이가 웅크렸다.
울 안은 작약이며 황매로 치장을 하고
너저분한 쓰레기며 잡동사니는
화려한 줄장미로 감추었다.
낮에는 참새떼가 주인 행세를 하지만
밤이면 구렁이가 그 자리를 차고 앉아
좀처럼 비켜주지 않는

나는 모르겠다, 이 집이
내가 살고 있는 집인가를.
어느새 그것이 내 속에 들어와
쌀광 속의 구렁이처럼
또아리를 틀었으니.

밧　줄

아침마다 나는 달려나간다
힘껏 자리를 박차고

전철을 타고
버스를 타고
기차를 타고

저 강 건너 자작나무 숲이 보인다
저 산 너머 모래톱이 보인다
수평선 너머로 온 세상이 다 보인다

햇빛에 취한다 바람에 취한다
나무와 돌과 꽃에 취한다
흙과 물과 새소리에 취한다

나는 돌아온다 밤마다 처진 어깨로
팔다리를 친친 동인 밧줄에 이끌려

기차를 타고

버스를 타고
전철을 타고

옛날로 가는 어두운 길이 보인다
부끄러운 내 젊은 날이 보인다
어리석은 내 목소리가 들린다

붉은 노을 속에
까마귀들이 우짖는

힘껏 자리를 박차고
아침마다 나는 달려나가지만
목과 가슴을 옭아맨 밧줄에 매달려

발자국

다 해진 신발에 배낭을 메고
길을 가면서 발자국을 남긴다
기념관 방명록에 이름을 쓰고
여관집 뜰에는 과꽃을 심는다
뒷골목 니나노집에 노래를 흘리고
더러는 하찮은 꿈도 뿌린다
한 삼년 지나 그 길을 더듬으면서
이번에 나는 발자국을 지운다
방명록에서 이름을 뭉개고
여관집 뜰에서 과꽃을 파 없앤다
번화가로 바뀐 뒷골목을 다니면서는
남이 볼세라 노래와 꿈을 거두고

그리고 또 한 삼년이 지나
다 해진 신발에 배낭을 지고
그 길을 가면서 다시 발자국을 만든다
뭉개고 파 없앤 일일랑 아예 잊고
심고 뿌리면서 흔적을 만든다

터

민들레 꽃다지 앉은뱅이 사이에서
눈서리에 팔다리 뒤틀리기도 하고
아침 이슬에 활짝 되살아나기도 하고

아름다운 꽃 한송이 피우지 못하고
꽃씨 한알 높이 날려 올리지 못하면서
장터 상밥집 널마루를 뒹굴며

땀내 지린내 비린내에 절어
뜨거운 틀국수로 삼복에 어깃장도 놓고
속 빈 웃음으로 초승달 벗도 하고

산 넘어 강 건너기를 그리워하면서
골짜기를 휩쓰는 비바람에 두려워 떨면서
물총새 노랑턱멧새 개고마리에 뒤섞여

이 터에 사는 일이 행복한 건지
이 터에 사는 일이 불행한 건지
산 넘어 강 건너를 두려워하면서

고장난 사진기

나는 늘 사진기를 들고 다닌다
보이는 것은 모두 찍어
내가 보기를 바라는 것도 찍히고 바라지 않는 것도 찍힌다
현상해보면 늘 바라던 것만이 나와 있어 나는 안심한다
바라지 않던 것이 보인 것은 환시였다고

나는 너무 오랫동안 알지 못했다 내 사진기는
내가 바라는 것만을 찍어주는 고장난 사진기였음을
한동안 당황하고 주저하지만
그래도 그 사진기를 나는 버리지 못하고 들고 다닌다

고장난 사진기여서 오히려 안심하면서

버려진 배들

새말간 외딴섬의 꿈을 모아
북적대는 포구에 갖다 부리던 두려움도
뭍에 넘치던 소문을 실어다가
저문 뱃새에 닻을 내리던 설레임도
한낱 잊혀진 옛얘기가 되었다
가마우지떼만 몰려서 우짖는
저녁노을 비낀 긴 갯벌 억새 사이에
아무렇게나 버려진 배들
그들이 실어나른 꿈은 지금 뭍 어데쯤서
곱고 붉은 꽃으로 피고
그 소문은 파도에 씻기는 너설에
아픈 울음으로 매달려 있겠지만

뱃전에 남은 이름은 희미하고 짐짓
귀를 막으면 파도소리에 세월이 썩어가고
파도소리에 몸통도 비바람도 썩어가고

막   차

모두들 서둘러 내렸다
빈 찻간에 찌그러진 신발과 먹다 버린 깡통들
덜컹대며 차는 는개 속을 가고
멀리서 아주 멀리서 닭 우는 소리

그믐달은 숨어서 나오지 않는다
간이역에는 신호등이 없다
갯마을에서는 철적은 상여소리에 막혀
차도 머뭇머뭇 서서 같이 요령을 흔드는
물 빠져나간 스산한 갯벌
자욱한 는개 속에
그대들 버려진 꿈속에

제 4 부

새

머리채를 잡고 자반뒤집기를 하던 시누이도 울고
땅문서 갖고 줄행랑을 놓던 서숙질도 운다
들뜨게도 하고 눈물깨나 짜게 만들던 그 사내도 울고
부정한 어머니가 미워 외면하고 살던 자식도 운다
고생고생한 언니 가엾어 동생도 울고 그 딸도 운다
새도 제 울음 타고 비로소 하늘을 높이 날고
곡소리 타고 맹인 저 세상 수월히 간다지만
얼마나 지겨우랴 내 이모 또 이 울음 타고 저승길 가자니
진 데 마른 데 같이 내디디며 평생을 살아왔으니
저승길 또한 그런가보다 입술 새려 물겠지

마른 나무에 눈발이 치는 날

서울 충주를 왕복하는 버스 차장과 조수들이 시시덕거리며 들어가 뻴뻴 땀을 흘리며 장국을 퍼먹던 장호원읍의 그 국밥집을 찾아가

중동으로 일 간 사이 도망간 아내를 찾겠다고 정미소 주인집을 오밤중에 칼을 품고 들어갔다가 강도로 몰려 잡혀가던 되먹이장수가 포승줄에 묶여 앉았던 그 봉놋방에 앉아

백내장을 앓던 내 당숙이 극빈자를 위한 공짜수술을 받기 위해 서울길에 올랐을 때 통소 한번 불어주었다고 밥과 술에 노자까지 주던 주모의 지금은 주인이 된 그 아들을 불러내어

닷새장 일찍 파하고 대낮부터 술추렴을 하는 배추장수며 젓갈장수와 어울려 얼큰한 장국밥에 겉절이를 얹어 소주 한잔을 먹고 싶은

마른 나무에 눈발이 치는 날, 세상은 무너지고 딸은 앓아 누웠는데도

노을 앞에서

노파가 술을 거르고 있다
굵은 삼베옷에 노을이 묻어 있다
나뭇잎 깔린 마당에 어른대는 긴 그림자
기침 소리, 밭은기침 소리들
두런두런 자욱한 설레임

모두들 어데로 가려는 걸까

세밑에 오는 눈

상처를 어루만지면서
등과 가슴에 묻은 얼룩을 지우면서
세상의 온갖 부끄러운 짓, 너저분한 곳을 덮으면서
깨어진 것, 금간 것을 쓰다듬으면서
파인 길, 골진 마당을 메우면서

밝는 날 온 세상을 비칠 햇살
더 하얗게 빛나지 않으면 어쩌나
더 멀리 퍼지지 않으면 어쩌나
솔나무 사이로 불어닥칠 바람
더 싱그럽지 않으면 어쩌나
걱정하면서

창가에 흐린 불빛을 끌어안고
우리들의 울음, 우리들의 이야기를 끌어안고
스스로 작은 울음이 되고 이야기가 되어서
상처가 되고 아픔이 되어서

객창에서 바람소리를 듣다

황량한 어린 날의 휘파람으로
바람 찬 강촌의 여울 물소리로

뉘우침이 되어서
아픔이 되어서
먼저 간 친구의 속삭임이 되어서

나뭇잎들을 데리고
모든 떨어지는 것들을 데리고

밤새 갯벌을 헤매다가
도심의 휘황한 불빛 속을 누비다가
어두운 골목을 서성이다가

미루나무 가지에 걸려 울다가
기웃이 불꺼진 창문을 들여다보다가
달빛에 몸을 드러냈다가

꿈이 되어서

속삭임이 되어서
하늘에 훨훨 새가 되어서

나뭇잎들을 데리고
더 많은 사라지는 것들을 데리고

귀성 열차

눈 위에 주름 귀 밑에 물사마귀
다들 한결같이 낯설지가 않다
아저씨 워데까지 가신대유
한강만 넘으면 초면끼리 주고받는
맥주보다 달빛에 먼저 취한다
그 저수지에서 붕거지 참 많이 잡혔지유
찻간에 가득한 고향의 풀냄새
달빛에서는 귀뚜라미 울음도 들린다
아직 대목장이 제법 크게 슨대면서유
쫓기고 시달린 삶이 꼭 꿈결 같아
터진 손이 조금도 쓰리지 않고
감도 꽤 붉었겠지유 인제
이 하루의 행복을 위해
흘린 땀과 눈물도 적지 않으리
여봐유 방앗간집 할머니 아니슈
돌려 세우면 처음 보는 시골 늙은 아낙
선물 보따리가 달빛 속을 달려가고
너무 똑같아 실례했슈
모두들 모르는 사람들이어서
낯선 데가 하나도 없는 귀성열차

굴참나무들을 위하여

　퍼붓는 눈발을 향해 크게 팔들을 내뻗었다, 세찬 바람을
마주해 꼿꼿하게 얼굴들을 들었다, 진달래 흐드러졌던 봄
부터 풀벌레 울던 가을까지 밤이면 숲속에 내려와 하늘의
비밀을 전하던 물머금은 별과 볼을 맞비비며 울던 굴참나
무들. 천지를 뒤덮는 폭설도 마을을 송두리째 날려보내는
폭풍도 너희 샛말간 눈에서 빛과 별을 지우지는 못하는구
나, 눈과 바람을 몰아내며 눈부신 햇살이 산과 들을 밟아
올라올 때 더 아름답게 빛나리라, 너희 몸 흠집투성일 터
이니.

감이 붉으면

전실 딸 셋의 철물점 주인 중늙은이한테 후살이를 간 전
화교환원을 지낸 새파란 전쟁 미망인이 좋아서,

그 옆 두평짜리 가게에서 풀빵을 굽던 머리 검노란 그녀
의 동생이 더욱 좋아서,

인사 한번 옳게 않다가도 밥사발이 비면 주걱으로 채워
주던 두 볼이 붉은 상밥집 젊은 새댁이 좋아서,

늙은 나무에 감이 익는 청국장 냄새가 짙게 배었던 그
집 널따란 마당이 더더욱 좋아서,

그래서 더욱 슬펐던 내 산읍에서의 한철……

시외로 가는 완행버스를 탄다, 한 백리 가서 내리면 퇴
락한 장터, 골목으로 접어들면 상밥집도 있겠지, 청국장을
끓여 달래 요기를 하고, 그리고 걷자, 해 떨어지기까지,
그 산읍에서처럼, 담 넘어오는 따뜻한 숨소리를 엿들으며,
감이 붉으면.

낮 달

주문을 받은 주인은 가슴에
베트남 전쟁의 상처를 안고 산다
중년을 넘긴 아낙은 얼굴에
쌍꺼풀 수술 자욱을
지니고 산다

상 위에 날려와 놓이는 보리밥에는
언덕에 피어 있던 달착지근한
찔레꽃이 묻어 있다
앞동산 애총의 황토가 섞여 있다
뚱뚱한 본처의 앙칼진 강짜가
쌉쌀한 맛으로 끼여 있다
이것들에다

된장에 고추장에 산나물을 섞어
진한 화냥기까지 두루 섞어
썩썩 비비는 아낙의 손에는
낮달처럼 바랜 지난날의
얘기가 묻어 있다

숨막히는 열차 속

낯익은 사람들이 하나둘씩 내린다
어떤 사람은 일어나지 않겠다 버둥대다가
우악스런 손에 끌려 내려가고
어떤 사람은 웃음을 머금어
제법 여유가 만만하다
반쯤 몸을 밖으로 내놓고 있는 사람도 있다
바깥은 새카맣게 얼어붙은 어둠
열차는 그 속을 붕붕 떠서 달리고

나도 반쯤은 몸을 밖으로 내놓고 있는 것이 아닐까
땀내 비린내로 숨막히는 열차 속
새 얼굴들과 낯을 익히며 시시덕거리지만
내가 내릴 정거장이 멀지 않음을 잊고서

이제 이 땅은 썩어만 가고 있는 것이 아니다

봄이 되어도 꽃이 붉지를 않고
비를 맞고도 풀이 싱싱하지를 않다.
햇살에 빛나던 바위는 누런 때로 덮이고
우리들 어린 꿈으로 아롱졌던 길은
힘겹게 고개에 걸려 처져 있다.
썩은 실개천에서 그래도 아이들은
등 굽은 고기를 건져올리고
늙은이들은 소줏집에 모여 기침과 함께
농약으로 얼룩진 상추에 병든 돼지고기를 싸고 있다.
한낮인데도 사방은 저녁 어스름처럼 어둡고
골목에는 고추잠자리 한마리 없다.
바람에서도 화약 냄새가 난다.
종소리에서도 가스 냄새가 난다.

왜 이렇게 되었는가, 언제부터 이렇게 되었는가.
꽃과 노래와 춤으로 덮였던 내 땅
햇빛과 이슬로 찬란하던 내 나라가
언제부터 죽음의 고장으로 바뀌었는가.

번쩍이며 흐르던 강물이 시커멓게 썩어
스스로 부끄러워 몸을 비틀고
입술을 대면 꿈틀대며 일어서던 흙이
몸 가득 안은 죽음과 병을 숨기느라
웅크리고 도사리고 쩔쩔매게 되었는가.
언제부터 죽음의 안개가 이 나라의
산과 들을 덮게 되었는가.
쓰레기와 오물로 이 땅이 가득 차게 되었는가.

우리는 너무 허둥대지 않았는가.
잘살아보겠다고 너무 서두르지 않았는가.
이웃과 형제를 속이고 짓밟고라도
잘 살아보겠다고 너무 발버둥치지 않았는가.
그래서 먼 나라 남이 버린 것까지 들여다가
목숨을 빼앗는 것이라 해서 이미 버릴 데가 없어
쩔쩔매던 것까지 몰래 들여다가
이웃의 돈을 울궈내려 하지는 않았는가.
몇푼 돈 거둬들이고 울궈내는 재미에
나라는 장사꾼과 한통속이 되어

이 땅을 쓰레기장으로 만들지는 않았는가.
이 나라를 온갖 찌꺼기
모으는 곳으로 만들지는 않았는가.

우리는 안다, 썩어가고 있는 곳이
내 나라만이 아니라는 것을.
죽어가고 있는 것이 내 땅만이 아니라는 것을.
저 시베리아의 얼음벌판에 내리는 눈에도
사람의 눈을 멀게 하는 산이 섞여 있고
아프리카 깊은 원시림 외진 강에서도
눈이 하나뿐인 고기가 잡힌다는 것을.
미시시피 강가의 한 마을에서는
목뼈가 없는 아기가 줄이어 태어나고
외국 군대가 진을 치고 있는
옛날엔 천국이 따로 없다던 남태평양의 섬에서도
에이즈와 암으로 사람들이 죽어가고 있다는 것을.

뿌옇게 지구를 감고 있는
연기와 먼지는 드디어

온통 이 세상을 겨울도 봄도·여름도 없는,
삶도 죽음도 아닌 세상으로 만들어버렸다는 것을.
연옥도 지옥도 아닌 버려진 땅으로 만들었다는 것을.
돈에 눈이 멀어 허둥댄 것이 우리만이 아니란 것을.

그러나 그것도 이미 좋았던 시절의 얘기다.
지금 지구는 언제 폭발해 저 자신을
잿더미로 만들지 모를 핵으로 가득 차 있다.
핵은 우리들 모두의 머리 위에서,
우리들의 발 밑에서, 우리들의 등뒤에서,
죽음의 입김을 서서히 내뿜으면서
그 음험한 눈으로 우리를 노리고 있다.
보라, 삼천리 그 가운데서도 남쪽 반
이 좁은 땅덩어리 속에서만도 많은 핵발전소가
돈이 덜 든다는 구실 아래
곳곳에 도사려 우리를 집어삼킬
채비를 서두르고 있지 않은가.
또 저 북녘 굶주린 땅에서도
전쟁을 막는다는 핑계로 쌓인 핵들이

단숨에 백두에서 한라까지 죽음의 재로 덮을
음모를 꾸미고 있지 않은가.
어리석은 불장난에 쓰여지고 있지 않은가.

이제 이 땅은 썩어만 가고 있는 것이 아니다.
이제 이 지구는 죽어만 가고 있는 것이 아니다.
내 땅 내 나라, 아니 온 세계가 이제
단숨에 흔적도 없이 날아가버릴
마침내 그 벼랑에까지 와 서 있다.

달

달이 시원스레 옷을 벗었다 첨벙첨벙 수로 속에 들어간
다 희뿌연 젖가슴을 드러낸 채 멱을 감는다 가없는 옥수수
밭에 바람이 인다

수로에서 나왔지만 옷이 없다 내놓을 수 없는 곳만 손으
로 가리고 초가집을 찾아 들어가 숨는다

달이 초가집 속에 갇혔다 초가집이 환하게 밝다

　＊흑룡강성의 한 조선족 자치향.

너무 먼 길

牧丹江*에서

내가 동화책에서 읽은
고량 베어 한없이 넓은 요동벌을 동경할 때
그는 그곳에서 고사리손으로 땅을 일구고
그가 독립군 병사들한테 고구려의 기개를 배울 때
나는 앵무새처럼 '국민의 서사'를 뇌었다
그는 조선 항미전쟁*에 전사로 참전을 했고
나는 하우스보이가 되어
그에게 총질을 하는 미군 장교의 양말을 빨았다
그가 문화대혁명의 소용돌이 속에서
잡귀신 양도깨비로 몰려 몰매 맞고 잡혀가 갇혔을 때
나는 숨어서 마오의 글들을 읽으며 가슴을 죄었다

이제 나는 그와 함께
요동벌 가없는 벌판에 뜬 달을 보고 서 있다
주먹질 발길질과 물과 불을 헤치고
서로 다른 너무 먼 길을 돌아
예까지 온 것이
부질없는 밤

* 흑룡강성의 일제가 개발한 도시. 抗美戰爭은 6·25동란.

79

두만강

圖江*에서

아낙네들이 빨래를 한다
힘겹게 팔을 놀린다
뭉그러진 시체가 떠내려온다
아이들이 물가에서 맥없이 바라보고 섰다
뿌옇게 흐린 두만강물
침침한 안개

갑자기 벼락이 치고 비가 쏟아진다
백양나무들이 쓰러진다
달맞이꽃이 뿌리째 뽑혀나간다
하늘과 땅에 가득한
굶어 죽은 아이들의 흙빛 얼굴
창백한
눈

우우, 우우
강·건너에서 나는 소리를 친다
발을 동동 구른다
소리가 나오지 않는다

발이 들리지 않는다 오금이 붙어

꿈속에서처럼, 아아

꿈속에서처럼

    * 두만강변의 주민 2,800명 중 90%가 조선족인 향.

늙은 투사의 노래

延吉에서

강철 같은 사회주의자의 힘은 오로지
혁명으로 얻은 저희 이익을 지키는 데 쓰이고 있다며
혁명에 다리와 평생을 바친 늙은 전사는 쓰게 웃는다
사람은 한없이 추악하더라
한없이 허약하더라

서울과 평양에서 날아온
기형의 쌍생아 같은 신문이 나란히 놓여
병든 조국의 소식을 말해주는 늦은 밤
푸른 옷에 실려간 꽃다운 이내 청춘…
지금 내 귀에 들리는 저 「늙은 투사의 노래」는 환청일까
자본주의의 독한 병균으로 구석구석 썩어가기 시작한
북방의 작은 도시에 오는 밤비는
여름에도 차다

만포선*

集安에서

마차를 타라고 유혹하는
키 큰 마부처녀는 머리가 길다
고구려를 아느냐니까
무슨 소린지도 모르고 이를 드러내고 웃는다
언덕과 들판에 널린 옛 무덤들로 푸른 고도
集安*은 가난하지만
사람들과 활기로 넘치고
압록강을 사이로 북녘땅 만포는 잿빛
낮게 드리운 구름이 무겁다
산록에 새겨진
당에서 결정하면 우리는 한다
그 빛나는 구호 밑을
구불구불 화물차가 간다
빛바랜 흑색사진 속을 만포선이 간다
느릿느릿 주체사상이 간다

＊ 만포선은 평안남도 순천과 평안북도 만포진을 잇는 철도. 集
安은 고구려의 옛 수도 국내성이 있던 압록강변의 도시.

長大鐵道*

長春을 떠나며

가도 가도 옥수수밭이다
침대칸에는 먹다 버린 통닭 찌꺼기와
반 넘어 남은 삐주병들
문틈을 비집고 들어오는 시끄러운 서울말씨로
낮잠을 잘 수가 없다
마주앉은 젊은 한쌍은 눈만 마주치면 웃고
차창 너머로 지나가는 마차가
옥수수밭에 색종이 그림으로 붙는다

* 중국 동북부 지방의 장춘과 대련을 잇는 철도.

가라오께집

칭따오 기행

한 샤우져는 얼굴만큼이나 큰 귀거리를 했다
한 샤우져는 가는 손목을 수갑 같은 금팔찌로 묶었다
내 옆에 앉은 키가 큰 샤우져는 전직이 교사
하룻밤에 받는 팁이 옛날 한달 치 봉급이다
레인 드롭스 폴링 온 마이 헤드
한결같이 미국 노래만 부르려 드는 건
자본주의 나라에서 온 사람들한테는 아무래도
자본주의 본바닥 노래가 어울릴 것 같아서다
마오쩌뚱을 아느냐니까 별걸 다 묻는다는 듯 키들거린다

가라오께집 앞에는 싸구려 밥집
허름한 옷차림의 중년들이 한떼 몰려나오다가
외국 사람들을 아양으로 배웅하는 샤우져들을 보고 섰다
50년 전의 우리들 분노와 슬픔이 담긴 눈으로
네온에 번쩍이는 굵은 금팔찌들을 보고 섰다

孫家莊* 小學校

칭따오 기행

교정에서 체조를 가르치는
뒤로 머리를 묶은 여교사는 북어처럼 말랐다
멀리 하늘을 찌르고 선 노산*의 기암 연봉
학교 옆으로는 맑은 냇물이 흐르고
붉은 교실에서는 웅얼웅얼 책 읽는 소리
이 얼 싼 쓰 새된 구령으로 여교사는
이방인들의 쓸데없는 호기심을 차단한다
카메라를 들이대도 웃지도 않는 가녀린 몸매
비바람에도 흔들리지 않는 야무진 나무
아이들 앞에 날렵하게 뛰는 사슴 그
먼지로 덮인 뽀얀 운동화
화장기 없는 거친 콧등에 송골송골 밴 보석
나는 손가장에 와서 비로소
사람들이 왜 중국의 샤우져들이
아름답다고 말하는가를 안다

   * 孫家莊은 칭따오의 한 시골마을. 崂山은 칭따오에 있는 기암
    괴석으로 이루어진 명산.

하얀 벽, 붉은 글씨

칭따오 기행

가로대 양쪽에 똥통을 달아
왼쪽 어깨에 메고
기우뚱기우뚱 농부는 줄타기 걸음이다
좌우로 흔들리는 넥타이가 장난스럽다

백화점이라는 간판이 붙은 구멍가게
하얀 벽에 붉은 글씨로 쓰여진
사회주의 만세

여인네들이 그 앞에
의자를 내다 놓고 모여 앉았다
손은 부지런히 뜨개질을 하고
입은 셰셰 연신 웃는다

붉은 기와의 집단주택 뒤로 나무가 없는
황량한 산, 붉은 오성기가 양각된 초겨울 하늘이
새파랗게 얼어붙어 있다

友君酒店 小姐

칭따오 기행

키가 큰 주점 샤우져는 웃기를 잘한다
칭따오 맥주를 달래도 웃고 생선을 내오래도 웃는다
소두방처럼 검고 큰 손으로 술탁자를 닦으며
알아듣는 소리에도 웃고 못 알아듣는 소리에도 웃는다
상설시장을 가로질러 변소까지는 한 마장 거리
소채장수와 양고기장수와 만두장수 사이를 요리조리
앞장서 빠져나가면서도 내내 웃는다
똥오줌이 질펀한 땅을 깨금발로 건너뛰어
문이 없는 변소를 먼저 타고 앉아
참았던 오줌을 시원하게 내갈기면서도 웃는다
머뭇대는 내게 어서 일을 보라고 손짓하면서 웃는다

惜福鎭*의 오일장

칭따오 기행

저울로 달아 파는 성냥이 누렇다
잎담배장수 앞에 장사진을 친 사람들이 누렇다
양고기에서 무럭무럭 나는 김이 누렇다
사는 사람도 파는 사람도 빛바랜 얼굴
모자도 누렇고 신도 누렇다
바쁠 것도 없고 서둘 일도 없어
느릿느릿 장거리를 도는 수천 수만 장구경꾼들
웃음도 누렇고 발걸음도 누렇다
사회주의 40년 세월도 누런 빛깔로 넘어갔을까
가없이 넓은 누런 벌판 한가운데
바깥바람에도 쉬 바뀌지 않을 오일장이 누렇다

    * 칭따오의 한 구역.

코카 비치*

베트남 시편

연한 쪽빛 바다에
햇살이 무늬를 새겨 넣고 있다
바다를 안고 뻗은 긴 모래밭
팔을 끼고 걷는 금발의
젊은이가 두 쌍

하늘을 덮은
야자수길은 십 킬로
방금 씨클로 세 대에 실려와
휴양소 문 앞에 내리는
휴양객들도 모두 외국인들이다
달러를 받아쥐는
씨클로꾼들의
땀에 절은 야윈 손

모래밭에서
한 소녀가 똥을 누고 있다
야자수잎 지붕의 오막살이
외국인들의 카메라가 일제히

그녀에게로 향한다

*캄란만의 해안에 있는 휴양지.

전쟁박물관

베트남 시편

제국주의자들이 버리고 도망간
흉칙한 장갑차와

고문기구와 사형틀 앞에서도
호치민대학의 여학생은
웃음이 밝다
아열대의 키 큰 나무들을
배경으로 서서

출구에서 몰려드는
거지들 사이에
두 팔이 잘린 중년이 섞여 있다
상이군인이다

맹호부대나
백마부대가 주둔했을 때
그는 어데 있었을까

호주머니 속에서

일달러짜리 지폐를 거머쥔
내 손에
땀이 배었다

간이주점 '타까라야*' 처마 밑에서

쿄오또에서

"사회주의를 뛰어넘는 지평은 없다."
저것은 소르본 담벼락에서 본
싸르트르 낙서의 흉내.
그 낙서 아래서 네 명의 대학생이 한참 논쟁중이다,
사회주의는 결코 몰락하지 않았다고.
매우 귀에 익은 음성이어서
나는 슬그머니 서투른 일본말로 끼여든다.
그렇다면 망한 것은 오로지 현실사회주의뿐이냐고.
젊은이들은 서울이나 쿄오또나 같고
내가 하는 소리도 똑같이 뻔하다.
그래, 손짓 발짓으로 웃는 재미도 있지.

쓸데없는 말놀음을 끝내고 술집을 나오니
시원스레 장대비가 쏟아지고,
나는 잠시 비를 피해 서서
이곳 호리까와* 골목과 인사동을 혼동한다.
사회주의는 결코 멸망할 수 없다고,
비록 가난하지만 주체의 나라는 아름답다고,
남의 얘기로 내 얘기로 떠드는 소리가

94

매캐한 꼬치구이 연기와 함께
내 주렸던 어린 날의 아픈 기억을 떠올려서
나는 새삼 쓸쓸해진다.
간이주점 '타까라야' 처마 밑에서.

  * 타까라야(寶屋), 호리까와(堀川).

잔잔한, 슬픈 微笑

奈良 法隆寺에서

쿠다라* 관음만이 잔잔히 웃고 있다.
모든 부처들이 사납게 눈을 부릅뜨거나
금방 공격할 듯
창과 칼을 겨누고 있는 사이에서.
아무렴, 미소가 쇠를 녹이고 말고,
창과 칼을 녹이고 그 속에 든
독도 삭일거야.

호텔에 돌아와 텔레비전을 켜니
머리에 띠를 두른 데모대가 아우성이다,
"정신대는 그네들의 상행위였다!"
"국가배상 결사반대!"
화면은 바뀌어 이번에는 오사까 전자상가에
한국 관광객들이 몰려 법석을 떤다,
나라 안에서는 쪽발이 어쩌면서 치떴을 눈에
잔뜩 물욕의 핏발들이 서서.
그 미소는 저 아우성도 녹이고 말고.
아무렴, 저 뻔뻔스러움도 삭이겠지.

쿠다라 관음의 미소는 잔잔하다.

일그러진 입술, 어두운 눈빛, 그 천오백년의 잔잔한
슬픈 미소.

    * '百濟'의 일본음이며, 쿠다라 관음상은 奈良의 法隆寺에 모셔
      져 있다.

상처와 세월

도   종   환

1

　신경림 시인의 시에는 프리지어꽃의 단내나 붉고 귀족적인 모
란꽃잎 위에 내리는 아침 햇빛 같은 것은 찾을 수 없다. 그것보
다는 사과꽃 위에 하얗게 쏟아지는 달빛이나 먼길을 갈 때마다
만나는 구절초에서 받는 위안 같은 것을 떠올리게 한다. 아침
창을 열고 처음 듣는 까치소리 같은 것보다는 산 일번지 창밖에
와 우는 귀뚜라미 소리나 상처를 어루만지며 날아가는 기러기
울음소리가 들린다.

　당시(唐詩)의 꽃피는 아침 화단보다 송시(宋詩)의 노을지는
저녁 나루터 길이 떠오르고, 화려한 장식이 세련되게 배치된 실
내공간에 앉아 주고받는 다듬어진 목소리보다 얼큰한 장국밥에
겉절이를 얹어 입에 넣으며 찢어져라 웃는 웃음소리가 생각난
다. 커피 향내 짙은 따뜻한 방안에서 새어나오는 안온함과 평화
의 불빛이 아닌 거나하게 취기 오른 목소리들이 왁자한 변두리
소주집 창밖의 불빛이 시에 배어 있다.

　목이 꽉 조이는 옷을 입고 포장된 도로를 바쁘게 걸어가는 사

람들보다는 편안한 옷을 입고 들꽃 핀 길을 걸어가거나 시장바닥에 소리치며 모이는 장돌뱅이들이 있다. 그렇다고 지나가는 사람을 붙잡아 앉혀놓고 끝없이 설교를 해대는 목소리나 내 생각만 옳다고 목청을 높이는 사람들도 없다. 똑같은 이야기를 하더라도 편안하게 한다. 어떻게든 논리나 과학을 동원해 박식하게 말하려 하는 게 아니라 「偶吟」(『길』, 1990)에서처럼 눈에 보이는 나무나 뒷동산이나 강물에 견주어서 말을 건네고 주막집 할머니나 길에서 만난 사람들의 목소리를 빌어서 이야기한다.

"야 아무리 하찮아 보이는 사람도 알건 다 알고 아무리 못나 보이는 사람도 있을 건 다 있어." 이렇게 설명하려 들지 않고 "아무리 낮은 산도 산은 산이어서/봉우리도 있고 바위너설도 있고/골짜기도 있고 갈대밭도 있다". 이런 식으로 이야기한다.

잘나고 큰사람만 쳐다보며 사는 삶, 못나고 볼품없는 사람들을 깔보고 우쭐대는 사람들에게 호통을 치거나 야단스럽게 꾸짖는 것이 아니라 "나무를 길러본 사람만이 안다/반듯하게 잘 자란 나무는/제대로 열매를 맺지 못한다는 것을/<중략>/한군데쯤 부러졌거나 가지를 친 나무에/또는 못나고 볼품없이 자란 나무에/보다 실하고/단단한 열매가 맺힌다는 것을"(『길』, 「나무 1」) 이런 식의 어법으로 말한다.

자기 생각을 강요하거나 주장하지 않고 사물을 통해서 말해 온다. 설명이나 진술이 아니라 형상을 통해서 보여주려 한다. 입상진의(立象盡意), 바로 그런 식이다. 구체적인 형상을 통해서 보여주거나 그 속에 삶의 철학과 지혜를 담아서 설득력 있게 말한다. 나무 한그루를 통해서 우리가 무엇을 깨달아야 하며 어떤 삶의 태도를 가져야 하는가를 알게 한다. 낮은 목소리로 말하되 듣고 난 뒤에 고개를 끄덕이게 한다. 시집 『길』과 『쓰러진 자의 꿈』(1993)에 들어 있는 많은 시들이 그렇게 편안한 어조로 다가와 우리에게 삶의 이치를 깨닫게 한다. 강풍으로 우리의 머리를 때리는 것이 아니라 훈풍이 되어 꽉 닫힌 가슴께의 단추 하나를 끄르게 한다. 폭우가 되어 몸을 다 적시고 결국 그 빗발을 피하고 싶어하는 게 아니라 단비가 되어 메마른 영혼을 적시고 가라지풀에 뒤덮인 마음밭을 내 손으로 갈아엎게 만든다. 공연히 거센 체하는 허풍스러운 몸짓과 꾸민 목소리가 없다. 그러면서 시가 본래 어떤 것이어야 하는가를 작품으로 보여준다. 이번 시집에 실린 시들도 역시 그러하다.

> 메마른 땅에서 함께 살다보니
> 어느새 나무도 사람을 닮아버린 것일까,
> 거센 바람을 피해 언덕에 달라붙는 슬기도 배우고
> 돌을 비집고 땅속 깊이 뿌리내리는 재주도 익혔다.
> 그러느라 어깨와 등은 흉측하게 일그러지고
> 팔과 다리는 망측스럽게 뒤틀렸으리라,
> 눈비에 몸을 맡기는 순순함에도 길이 들고
> 몸속에 벌레를 기르는 너그러움도 지니면서.
> ——「정월 초하루, 소백산에서 해돋이를 맞다」 브분

우리는 이 시를 읽으며 '나무가 사람들과 섞여 메마른 땅에서 살다보니 사람을 닮게 되었구나' 하는 생각보다 '나무를 보며 우리 삶의 모습을 다시 생각해보는' 시적 화자의 모습을 떠올린다. 일그러지고 뒤틀린 나무를 보며 우리 인간의 삶의 모습도 저런 부분이 있지 하고 생각했을 것이다. 바람을 피해 언덕에 달라붙어 있는 나무나, 돌을 비집고 뿌리내리는 나무를 보면서 세상 풍파를 견디며 그렇게 살아남기 위해 안간힘을 쓰는 사람

들을 생각했을 터이고 그렇게 살면서도 세파에 순응할 줄 아는 순순함과 나를 갉아먹는 것까지도 받아들이는 너그러움을 지니게 되는 삶에 대해 생각했을 것이다. 그러나 그 이야기를 먼저 하지 않고 나무가 우리를 보고 그런 것들을 배웠을 것이라고 이야기를 풀어간다. 자칫 지루해지기 쉬운 이야기를 나무를 통해 풀어나감으로써 읽는이들이 여유를 가지고 시에 다가갈 수 있게 만든다. 똑같은 이야기를 하더라도 막바로 본론으로 들어가는 것이 아니라 나무와 같은 자연물 주위의 정경과 사물을 통해서 접근해 들어간다. 정수경생(情隨景生)의 방법을 취한다. 주위의 배경, 경관을 보고 마음속에 품은 생각과 뜻이 따라와 합해지면서 이루어지는 시 창작의 과정을 거쳐간다. 대상과 마주하여 일어나는 마음속의 정, 정의 매개가 되는 자연물들이 적절한 자리에 제대로 된 모습으로 살아 있고 그런 객관적 상관물을 통해서 우리에게 전해오는 이야기가 전혀 부담스럽지 않은 시의 한 전형이 신경림 시인의 시이다.

위의 시 「정월 초하루, 소백산에서 해돋이를 맞다」는 그렇게 시작한 1연이 이정입경(移情入景)하는 과정, 즉 "메마른 땅에 함께 살다보니/어느새 우리가 나무를 닮아버린 것일까"라는 결론에 이르는 과정을 거쳐 결국 '우리의 삶을 이야기하는―정(情)'과 '나무―경(景)'이 하나로 자연스럽게 조화를 이루는 정경교융(情景交融)의 세계를 보여준다.

2

우리 민족의 역사와 비극을 말할 때도 거창한 데서 출발하지 않고 족숙이나 족형 족숙모와 족형수 같은 집안 사람들의 삶을 가지고 이야기한다.

큰 몽둥이 하나 끌고 쇠전에서 설치던
가마니 잘 짜던 내 족숙은 거적때기에 말리고
그 족숙 미워 시향도 피하던 다른 족형
칼빈총 멘 채 등에 칼 꽂고 금점굴에 처박히고
그놈의 높새바람 사납기도 하더니
참나무고 홰나무고 남아날 것 같지 않더니

이젠 족숙모 잡화전 모퉁이에서 국수틀을 돌리고
족형수 길 건너 노점에서 시루편을 팔고
마주치면 더러 입에 게거품을 물다가도
허허거리고 얻어온 시향떡도 나누고
그놈의 마파람 모질기도 하더니
진달래고 개나리고 다시 필 것 같지 않더니

마주치면 손톱을 세우고 이빨을 갈다가도
　　　——「마주치면 손톱을 세우고 이빨을 갈다가도」 전문

여든까지 살다가 죽은 팔자 험한 요령잡이가 묻혀 있다
북도가 고향인 어린 인민군 간호군관이 누워 있고
다리 하나를 잃은 소년병이 누워 있다
등너머 장터에 물거리를 대던 나무꾼이 묻혀 있고 그의
말더듬던 처를 꼬여 새벽차를 탄 등짐장수가 묻혀 있다
청년단장이 누워 있고 그 손에 죽은 말강구가 묻혀 있다

생전에 보지도 알지도 못했던 이들도 있다

부드득 이를 갈던 철천지원수였던 이들도 있다
지금은 서로 하얀 이마를 맞댄 채 누워
묵뫼 위에 쑥부쟁이 비비추 수리취 말나리를 키우지만
철 따라 꽃도 피우고 열매도 맺으면서
뜸부기 찌르레기 박새 후투새를 불러 모으고
함께 숲을 만들고 산을 만들고

──「묵뫼」 부분

시 속에서 말하는 이는 지금 어느 묵뫼 즐비한 산에 와 있다. 그 묵뫼에는 아는 사람이 여럿 묻혀 있다. 그들 중에 시적 화자는 요령잡이와 인민군 간호군관과 소년병과 나무꾼과 등짐장수와 청년단장과 말강구를 떠올린다. 왜 이런 이들을 생각할까. 그들 중에는 살아 있을 때 서로 철천지원수였던 이도 있고 이해관계가 복잡하게 얽혔던 이나 사상과 이념을 달리해 서로 총을 들고 상대방을 죽였던 이들도 있다. 또 생전에 보지도 알지도 못했던 이들도 있다. 그런 죽음들이 모여 들꽃을 피우고 산새를 불러 모은다. 그런 무덤들이 모여 숲을 만들고 산을 만든다.

그런 묵뫼를 보면서 시 속에서 말하는 이의 머릿속에는 무슨 생각이 떠올랐을까. 그래 세상이란 본래 그렇게 이해와 생각을 달리하는 이들이 모여 사는 곳이 아니던가. 보지도 못했고 알지도 못하는 사람들이 서로 섞여 사는 곳 아니던가. 살아 있을 때 함께 숲을 이루고 산을 만들었더라면 얼마나 좋았을까. 아마도 그런 생각이 들었으리라. 살아 있을 때 사상이 다르고 서 있는 자리와 이해관계가 달랐지만 이제 그게 무슨 의미를 갖는다는 걸까. 서로 하얀 이마를 맞대고 산이 되어 누워 있는 지금…… 그런 생각을 해보지 않았을까.

「마주치면 손톱을 세우고 이빨을 갈다가도」에서는 그런 원한

관계를 가지게 되었던 사람들은 가까운 집안이다. 죽은 사람들은 한 시대의 높새바람 거세게 불어 둘 다 횡사를 했다. 몽둥이에 맞아 죽거나 칼에 찔려 죽었다. 집안의 숙질 사이이면서 서로 피해다녀야 할 정도였고 서 있는 각자의 자리가 달랐다. 우리가 겪었던 동족상잔의 전쟁도 좁혀서 보면 그런 골육간의 상쟁이 아니었던가.

그러나 이제 살아남은 이들에게 그것은 어떤 의미를 지니는가. 물론 한때는 "마주치면 손톱을 세우고 이빨을 갈"기도 했지만 이제는 "허허거리고 얻어온 시향떡도 나누"는 그럴 때도 있다. 맺힌 한이 너무 커 두 집안 사이에는 그 어떤 따뜻한 마음이 생겨나지 않고 그런 화해의 새 꽃을 피게 하는 따뜻한 봄바람도 살아생전에는 불지 않을 것 같더니 이제는 시향떡을 나누어 먹는다.

시인은 이 시향떡을 통해 한 시기에 가졌던 이념의 의미는 핏줄의 의미보다 작고, 우연인지 필연인지 그렇게 맺어졌던 핏줄의 의미는 살아남은 자의 삶의 의미보다 크지 않다는 것을 말하려는 것 같다.

그러나 그런 마음을 표현할 때 '좌익이고 우익이고 이쪽 사람이고 저편 사람이고 하나도 남아날 것 같지 않더니'라든가 '화해의 마음이고 인정의 싹이고 하나도 생겨날 것 같지 않더니'라고 써내려갔다면 어떻게 되었을까. 그런 설명과 진술은 시의 맛을 훨씬 떨어뜨리고 시 읽는 재미조차 없게 만들었을 것이다. 그러나 그렇게 표현하지 않고 "참나무고 홰나무고 남아날 것 같지 않더니" "진달래고 개나리고 다시 필 것 같지 않더니" 이렇게 정서적 등가물을 통해서 표현한다. 그래서 훨씬 더 정서적으로 다양한 상상이 가능해지는 공간으로 열어나간다.

시향떡과 묵뫼 동산이 보여주는 이런 화해의 공간은 「손」이라는 시에서 보여주는 상처의 동질성이 갖는 삶의 의미와도 깊은 연관을 갖는다.

　　최신 전자제품장수와 싸구려 기성복장수가 다투어 목청을 높인다.
　　어떤 장꾼은 아침부터 시비만 하고, 어떤 장꾼은 종일 커피 전문점만 들락인다.
　　전대를 가득 돈으로 채우고도 소주롭은 볼이 부었고,
　　시금치 바구니 앞에 쪼그리고 앉아서도 등 굽은 할머니는 천하태평이다.
　　생김새도 사는 것도 각양각색이라, 언청이와
　　혹부리가 길이 다르고 꿈이 다르듯. 그러다가도
　　문득 국밥집에 들어와 석유난로에 얹는 손들을 보면 닮았다.
　　쭈그러진 손등의 주름이 같고, 손바닥에 박인 못이 같다.
　　주름과 못 속으로 팬 깊고 푸른 상처가 서로 닮았다.

　　　　　　　　　　　　　　　　　　　　──전문

　　신경림 시인의 작품에 나오는 많은 인물들이 가장 편안한 모습으로 전형적인 공간인 장터에서 만나는 인물들은 참 각양각색이다. 생김새도 사는 모습도 다르고 각자의 꿈과 인생 행로가 다르다. 그러나 시인은 같은 것을 발견한다. 손을 보면 닮았다. 손등의 주름과 손바닥에 박인 못이 같고 그 속으로 팬 깊고 푸른 상처가 서로 닮았다. "주름"과 "못"이 보여주는 '살아온 세월'과 '노동의 흔적'이 서로 닮았다. 손등에 주름을 만든 세월과 손바닥에 못이 박이도록 힘들게 일하며 살아온 삶이 서로 닮았다는 것이다. 그가 전자제품장수이든 기성복장수이든 파는

105

물건이 다를 뿐 장사꾼이라는 점에서는 그 인생이 크게 다르지 않다. 그리고 그렇게 살아오는 동안에 깊게 팬 상처가 닮아 있다.

어떻게든 따뜻하게 살아보려고 거리에서 발버둥치며 살아온 삶이 닮았고 배를 채울 밥을 벌기 위해 살아온 목숨의 길이 닮아 있는 것이다.

이미 「기차」(『쓰러진 자의 꿈』)라는 시에서 이야기한 바 있는 운명공동체의 연대 같은 것을 이 시에서도 느끼게 된다.

"꼴뚜기젓장수도 타고 땅장수도 탔다/곰배팔이도 대머리도 탔다/작업복도 미니스커트도 청바지도 타고/운동화도 고무신도 하이힐도 탔다/<중략>/다들 같은 쪽으로 기차를 타고 간다"

돈이 없는 이나 많은 이나, 못난 사람이나 잘난 사람이나, 남자나 여자나, 젊은이나 늙은이나 함께 이야기하고 함께 놀다가 때론 흥분하기도 하고 때론 머리를 맞대고 걱정을 하면서 차에 실려가는 운명 공동체의 모습을 「기차」라는 시는 보여준다.

그리고 화해와 나눔과 공생의 공간이라는 점에서는 백석의 다음 시와 같은 맥락 위에 놓여 있다.

> 재당도 초시도 門長늙은이도 더부살이 아이도 새사위도 갓사둔도 나그네도 주인도 할아버지도 손자도 붓장사도 땜쟁이도 큰 개도 강아지도 모두 모닥불을 쪼인다
> ──백석, 「모닥불」 부분

백석의 「모닥불」은 노/소, 객/손, 상/하, 귀/천의 구분을 떠나 모두가 불을 중심으로 하나 되는 화해와 공생의 자리이다. 이 세상에 하찮고 보잘 것 없는 모든 것이 불타서 생명을

가진 모든 것들에게 차별하지 않고 골고루 따뜻함을 나누어주는 존재이다.

위의 시 「손」에서 "깊고 푸른 상처가 서로 닮았다."고 했지만 이번 시집에서 자주 눈에 띄는 어휘가 '상처' '흉터'와 같은 말이며 가장 많이 의식하고 있는 내용 중의 하나가 '세월'인 것 같다.

「손」말고도 흉터에 대해 이야기하고 있는 시는 많다. "감추어 두었던 것은 누렇게 곪은 부스럼과 칙칙한 흉터뿐"(「이슬」) "찢기고 할퀴어 홈집투성이인 가지가 보인다"(「찌그러진 작업화」) "벌건 상처를 누더기에 감춘 채"(「올 봄의 꽃샘바람」) "기러기가 난다 내 젊은 날의 아픔을 어루만지며"(「가을밤은 길고」) "아물 줄 모르는 상처를／살갗 속에 감추었다"(「노고지리」) "상처를 어루만지면서／등과 가슴에 묻은 얼룩을 지우면서"(「세밑에 오는 눈」) 등의 시에 흉터, 아픔이 등장한다.

흉터에 대한 이야기를 이렇게 여러 차례 되풀이한다는 것은 살아온 삶이 남긴 것이 흉터뿐이었다는 이야기를 하고 싶은 것일 수도 있고 "상처를 누더기에 감춘 채" 살아왔거나 "아픔을 어루만지며" 살아야 한다고 생각하고 있기 때문인지도 모른다. 아니면 살아오면서 흉터가 더 잘 눈에 보였기 때문일 수도 있다. 다음 시를 보자

    새파랗게 빛나는 잎만 있는 것이 아니다
    눈부시게 아름다운 꽃만 있는 것이 아니다
    찢기고 할퀴어 홈집투성이인 가지가 보인다
    벌레와 비바람에 썩고 잘려나간 밑둥이 보인다
    돌과 흙에 짓눌린 뿌리가 보인다

얼어붙은 비탈길을 미끄러지는 쓰레기차가 보인다
이른 새벽 셔터를 올리는 시퍼렇게 터진 손이 보인다
새벽길 삼백리를 달려온 찌그러진 작업화가 보인다
농익어 단 열매만을 뿜내는 저 큰 나무에
　　　　　　　　　——「찌그러진 작업화」 전문

　시적 화자가 보고 있는 것은 큰 나무이다. 큰 나무의 잎과 꽃
과 열매와 가지와 밑둥과 뿌리를 보고 있다. 그러나 잎과 꽃과
열매의 뒤에는 제한적 거부의 서술어가 놓여 있다. 그것만 있는
것이 아니라고 말한다. 그러나 가지와 밑둥과 뿌리에 대해서는
수용의 의미를 담은 말을 서술어로 쓰고 있다. 보인다는 것이
다. 그리고 그것들을 수식하는 말을 통해 시적 화자가 관심을
갖고 있는 삶의 모습을 짐작해볼 수 있다. "새파랗게 빛나는"
"눈부시게 아름다운" "농익어 단" 삶을 무조건 부정하는 것은
아니지만 삶에는 그것만 있는 것이 아니라 그 이면에 "찢기고
할퀴어 흠집투성이인" "썩고 잘려나간" "짓눌린" 삶도 함께 있
다는 것이다. 그런 부분까지 함께 보고 싸안을 줄 알아야 한다
는 것이다. 그리고 그렇게 보아야 한다고 말하게 된 그 구체적
인 준거들을 데려온다.
　"비탈길을 미끄러지는 쓰레기차"와 "시퍼렇게 터진 손" "찌그
러진 작업화"를 본 것이다. 그가 관심을 보이는 것은 '위태롭게
가야 하는 가파른 삶의 길' '바쁘게 시작하는 상처투성이의 삶'
'멈출 수 없이 달려가야 하는 고단한 삶'과 그렇게 살아가는 어
렵고 가난한 사람들이다. 이미 지난번 시집 『쓰러진 자의 꿈』에
서 시인 자신이 "쓰러지는 자들, 짓밟히는 것들의 상처와 아픔
을 어루만지고 흩어지는 것들, 깨어지는 것들을 다독거리는
일, 이 또한 내 시의 숙명인지도 모르겠다."고 말한 그 달의 연

장선상에 이번 시집도 있는 것 같다.

3

어느 한쪽만이 아니라 양쪽을 고르게 볼 줄 알아야 한다는 것은 이미 시집 『길』에서 이야기한 바 있는 시인의 시각이다. 「莊子를 빌려」를 통해 '멀리서도 볼 줄 알고' '가까이서도 볼 줄 알아야 한다'고 이야기한 바로 그 세계관의 균형 감각이다. 이것인지 저것인지 확실한 자기 이야기를 강조하거나 강요하지 않아 애매한 것처럼 보이기도 하지만 이것과 저것을 다 감싸안고 있으며 양쪽을 다 보아야지 제대로 보는 것임을 이야기하는 것이다.

시인은 자신의 내면세계를 거짓없이 솔직히 드러내면서 인간이 본래 그런 양면을 갖고 있는 존재가 아니냐고 우리에게 묻는다.

이래서 이 세상에 돌로 버려지면 어쩌나 두려워하면서
이래서 이 세상에 꽃으로 피었으면 꿈도 꾸면서
———「돌 하나, 꽃 한송이」 부분

어디에도 얽매이지 않는 삶, 익명으로 섞여 누리는 자유와 거리낄 것 없이 떠돌고 뒹구는 삶을 좋아하면서도 한편으론 두려움이 뒤따른다. 꽃처럼 아름다운 존재가 되고 싶고 이 세상에 의미 있고 가치 있는 존재가 되어 살고 싶은 마음이 있지만 그것이 스스로를 구속하게 될까봐 걱정이 생기기도 한다. 그런 양면을 함께 지니고 있는 게 인간이다.

돌아보면 살아온 한평생도 그랬던 것 같다.

살아오면서 나는 너무 많은 것을 얻었나보다
가슴과 등과 팔에 새겨진
이 현란한 무늬들이 제법 휘황한 걸 보니
　　　　〈중　략〉
마룻장 밑에 감추어 놓았던
갖가지 색깔의 사금파리들은 어떻게 되었을까
교정의 플라타너스 나무에
무딘 주머니칼로 새겨넣은 내 이름은 남아 있을까
　　　　〈중　략〉
살아오면서 나는 너무 많은 것을 버렸나보다
　　　　　　　　　　──「성탄절 가까운」 부분

　자신의 모습을 살펴보면 불필요하게 너무 많은 것을 얻은 것
같고 너무 많은 것을 걸쳐 몸이 무겁다고 느낀다. 그러나 다시
내게 무엇이 남아 있는가를 살펴보면 너무 많은 것을 버린 것은
아닐까 하는 생각을 하게 된다. 길을 가면서 이름과 꽃과 노래
와 꿈을 남기며 살아왔지만 그렇게 의미 있다고 생각했던 것들
을 지우고 다시 발자국을 만드는 일을 반복하며 산다(「밧줄」).
아침마다 힘껏 자리를 박차고 나가지만 밤마다 밧줄에 이끌려
처진 어깨로 돌아오는 일을 되풀이하며 사는 게(「발자국」) 우리
네 인생이다.
　오늘도 "산 넘어 강 건너기를 그리워하면서／골짜기를 휩쓰는
비바람에 두려워 떨면서"(「터」) 산다. 그것이 행복한 건지 불행
한 건지 모르겠다고 시인은 묻지만 인생이란 그렇게 행복한 것
도 그렇게 불행한 것도 아님을 시인은 넌지시 말해온다. 그래서
꽃과 열매만 보지 말고 밑둥과 뿌리도 볼 줄 알아야 한다는 것

이다.

인생에 대한 그런 이야기를 철학자의 어법으로 말하는 것이 아니라 자신의 가족사를 통해 보여준다.

"아버지를 증오하면서 나는 자랐다. /아버지가 하는 일은 결코 하지 않겠노라고, /〈중략〉/나는 늘 당당하고 떳떳했는데 문득/거울을 보다가 놀란다, 나는 간 곳이 없고/나약하고 소심해진 아버지만이 있어서."(「아버지의 그늘」).

내심으로 늘 당당하고 떳떳했는데 겉으로 드러나 보이는 모습은 "제대로 기 한번 못 펴고 큰소리 한번 못 치는/늙고 초라한 아버지"처럼 변해 있다.

할아버지 아버지 세대에 대한 부성부정과 반면교사의 삶을 살았지만 인간의 삶은 결국 결론에 이르면 대동소이할 뿐이다. 바쁘고 급하고 허둥대다 끝나버리고 만다. 느티나무가 다섯자쯤 자라는 정도의 삶에 지나지 않는다(「더딘 느티나무」). 더디지만 천천히 자라서 오래오래 사는 나무의 삶에 비하면 보잘것없기 이를 데 없어 보인다. 인간이 만드는 유위의 삶은 자연이 보여주는 무위의 삶에 견주어볼 때 결코 대단한 것이 못된다는 생각을 한다.

그래서 풀벌레가 울어도 "땅속에 들어갈 제 운명"을 우는 것처럼 들리고, 기러기가 날아도 "회한 속을 난다"는 생각을 하게 된다(「가을밤은 길고」). 이념 때문에 전쟁을 겪고 "주먹질 발길질과 물과 불을 헤치고/서로 다른 너무 먼 길을 돌아/예까지 온 것이/부질없는 밤"(「너무 먼 길」)이었음을 느낀다.

그러나 인간의 삶의 끝에 남는 것은 회한뿐이고 역사는 정말로 부질없는 것일까.

시인이 말하고자 하는 참뜻은 이념의 문제보다 중요한 것은 인간이고 그 인간이 살아 있는 삶이라는 데 있는 것 같다. 오늘

여기서 사람답게 살아야 하는 동시대 우리 모두의 삶처럼 소중한 것은 없다는 말을 하려는 것 같다. 제5부의 시들은 사회주의가 무너진 현실을 실사구시의 눈으로 정확히 보아야 한다는 의미를 담고 있지만 그것이 사람이든 사회체제든 양쪽을 똑같이 객관적으로 바라볼 줄 아는 시각이 있어야 한다는 이야기를 하고 싶어하는 것 같다.

　내가 속해 있는 체제에 대한 비판도 결국 더 인간다운 생존의 조건을 마련하기 위한 고민에서 출발한 것이라면 우리도 이제 다른 체제에 대한 동경보다는 양쪽을 제대로 보고 그 양쪽을 극복한 새로운 길을 찾아야 하지 않겠는가 하는 이야기도 들어 있는 것이다. 새로운 사회에 대한 이상이 다른 쪽에 대한 막연한 동경에서 시작한 것이라면 우리의 노래는 공허한 울림에 지나지 않게 된다는 것을 「노래 한마당」이란 시는 아주 잘 보여준다.

4

　그래서 이 혼란한 시대를 어떻게 어떤 자세로 살아야 할 것인가. 문제는 사실 거기에 있다.

　　좀체 마르지 않는
　　피와 눈물을 가슴속에 깊이 묻고
　　아물 줄 모르는 상처를
　　살갗 속에 감추었다

　　그런 다음
　　오랜 나날 바람을 막느라 누더기가 다된
　　두껍고 낡은 깃털들을 벗어 던진다

어둡던 시절에 익힌
거친 말들을 버리고
비`바람 속에서 부르던 노래들마저 잊는다
그리고 비로소 너는

잠든 대지를 흔들어 깨우는
맑고 새된 비명이 된다
텅 빈 봄하늘을 점 하나로 가득 채우는
노고지리가 된다

땅 위에 내려꽂혀
뜨뜻하게 굳은 씨앗을 깨는 날렵한
돋짓이 된다

——「노고지리」 전문

　이 시를 다 읽고 난 뒤에 이 시 1, 2연에 쓰인 동사들을 다시
한번 읽어보자. 1)묻어라, 2)감추어라, 3)벗어 던져라, 4)버려
라, 5)잊어라, 이런 강한 말들이 있는 걸 알 수 있다. 무엇을
그리 하라는 것인가. 1)피와 눈물, 2)상처, 3)두껍고 낡은 깃
털, 4)거친 말, 5)비바람 속에서 부르던 노래들을 그렇게 하라
는 것이다.
　이것들은 좋은 세상, 사람답게 살 수 있는 세상을 만들기 위
해 우리가 받았던 고통의 모습이요 그 시대를 견디기 위해 지닐
수밖에 없었던 것들이다. 이것들이 있어서 불완전하나마 민주
주의의 시늉이라도 낼 수 있었고 그토록 혹독했던 억압의 사슬
몇개라도 끊어낼 수 있었다. 그러나 그 시절의 노래와 고난의
기억에만 젖어서 거듭 태어날 줄 모르면 역시 도태하고 말게 된

다는 것이다.

새로운 날의 씨앗이 되기 위해 그토록 견고한 정신을 가져야 했지만 빠르게 변화하는 계절에 적응하지 못하고 딱딱하게 굳은 채로 있으면 씨앗은 새로운 대지에 씨앗의 역할을 하며 다시 태어날 수 없게 된다는 것이다. 제 몸을 거듭 죽이고 흙속에서 완전히 썩었을 때 다시 싹을 틔울 수 있게 된다는 것이다. 딱딱하게 굳어 있지 말고 유연해져야 한다는 것이다. 어둡던 시절에 익힌 말과 노래를 버리고 두껍고 낡은 깃털을 벗어 던지고 아물 줄 모르는 상처를 살갗 속에 감추고 봄하늘을 향해 날아갈 때 비로소 우리의 정신은 하늘을 가득 채울 수 있게 된다는 것이다. 비록 고통스럽게 살아온 우리의 삶이 하늘에 점 하나의 크기밖에 안될지라도 점 하나로 하늘이 가득 차게 된다는 것이다.

우리가 세운 집도 변하는 세월 속에 비바람을 막지 못하게 되면 허물고 다시 지어야 한다. 그러나 우매한 사람들은 다시 그 집에 들어가 산다(「덫」). 우리는 저마다 자기 내부에 그런 집 한채씩을 지니고 있는지도 모른다. 이미 집이 아니라 덫이 되어 있는 걸 모르고 오늘도 다시 들어가 살고 있는지도 모른다.

어둠속에서는 주위를 환하게 밝히는 불빛이었지만 햇빛 속에 나오자 애물단지가 되는 고양이(「고양이」)여서는 더더욱 안되지 않겠는가.

그런 이야기들을 던지며 상처와 누더기 속에서 살아온 세월을 자꾸 반추해가며 시인은 아직도 길 위에 서 있다. 아직도 떠돌이 의식을 버리지 못하고 있다. 「진눈깨비 속을 가다」를 보아도 그렇고 「돌 하나, 꽃 한송이」나 「마을버스를 타고」를 비롯한 여러 편의 시들을 보아도 그렇다.

시인은 그곳에서 만나는 쓸쓸한 풍경 속에 잠기며 멈추지 않고 어딘가를 찾아 떠나고 있다. 편안한 삶을 선택하지 않고 불안한 자유를 선택한 채. 그러나 부디 너무 쓸쓸해하지는 마시기를, 끝 위에 서 있는 시인을 사랑하고 멀리서 지켜보는 수없이 많은 눈동자가 있음을 잊지 마시기를……

후   기

　『쓰러진 자의 꿈』을 낸 지 다섯해가 되었다. 여기 묶은 시들은 그동안 쓴 시들이다. 다들 마찬가지였겠지만 내게도, 몰락한 사회주의를 현장에 가서 목도도 하고, 우리 자신이 거덜나는 어처구니없는 사태를 겪기도 한 이 다섯해는 길기만 한 세월이었다. 이런 격랑 속에서 시를 가지고 무엇을 할 수 있단 말인가, 회의를 느끼지 않은 것은 아니지만, 시를 통해서 나 자신 또는 남과 대화를 하지 않고는 더욱 견딜 수 없기도 했다. 한편 이 엄청난 소용돌이 속에서도 바뀌는 것은 강물 위의 흐름뿐이고 저류를 흐르는 것은 같다는 생각이 문득 드니 웬일일까.

　발문을 써준 도종환 시인, 또다시 시집을 엮는 수고를 해준 창비의 친구들에게 감사를 드린다.

1998년 3월 정릉어서

신　　경　　림

창비시선 172

어머니와 할머니의 실루엣

초판 1쇄 발행 / 1998년 3월 15일
초판 10쇄 발행 / 2025년 11월 14일

지은이 / 신경림
펴낸이 / 염종선
펴낸곳 / (주)창비
등록 / 1986년 8월 5일 제85호
주소 / 10881 경기도 파주시 회동길 184
전화 / 031-955-3333
팩시밀리 / 영업 031-955-3399 편집 031-955-3400
홈페이지 / www.changbi.com
전자우편 / lit@changbi.com